SV

W0382840

Thomas Rosenlöcher

Die Dresdner Kunstausübung

Gedichte

Suhrkamp

Erste Auflage dieser Ausgabe 2001
© Suhrkamp Verlag Frankfurt am Main 1996
Alle Rechte vorbehalten
Druck: Nomos Verlagsgesellschaft, Baden-Baden
Printed in Germany

I. Neonikone

Die Neonikone

Als ich nach Amsterdam kam
und um die Ecke bog,
stand ich vor dem Fenster der Hure.
Sie aber saß in rötlichem Licht
auf einem Hocker und schaute mich an.
Und lupfte ihre lange,
lebendige Zunge nach mir.
Da war ich vom Donner gerührt.
Weil alle Schönheit der Welt
in einer Hure wohnte.
Und neben mir im Dunkeln stand
ein augenrollender Kreole
und ein lächelnder Blitzlichtjapaner.
So daß wir gemeinsam die Menschheit darstellten,
vor der Ikone aus Neon,
die ihre Schenkel auftat und schloß,
noch als ich nach Sachsen zurücklief und meinen
armen, armerudernden Schatten
schräg an die Wand warf im Lauf.

II. Paradies der Betrachtung

Der stille Grund

Von ganz weit oben her, wie abgeschüttet,
jedoch sich lautlos lösend, fiel
rechts links hangab ein kleiner Jubel Glück
als Himmelsvorhang nieder. Kurz, es schneite,
die Luft durchschippernd, bis herab zum Grund.
Daß jedes Astes Ästlein schneebeladen
ein anderes, weiß überfiedert, kreuzte,
und ich in immer tiefre Wirrnis ging.
Längst schlief die Brücke unterm Brückenbogen.
Nur zu sich selbst noch redete der Bach,
bauchrednerisch. Und wenn auch meine Stapfe
mir längs des Wegs treulich im Zickzack folgte,
blieb unbegreiflich, daß jemals mein Fuß
dereinst das Weiß vor mir betreten könnte.
Zumal der Sohle Raster unter sich
die Fußspur jeden Augenblicks begrub.
So lebte ich. Kein Mensch kam mir entgegen.
Nichtmal mein Vater, viel zu lange tot.
Nur noch ein Knochenbündel in der Erde.
Da mir es nun ja doch gelungen war,
ihn zu vergessen, denn ich ging und ging,
nichtahnend, daß ich längst wie er
im Gehn die Arme hinter mir verschränkte.
Und daß vor lauter Frost und Schnee
mir Bart und Haare weiß geworden waren,
als käme er in mir mir selbst entgegen
und keiner stürbe. Irsinniges Stieben
schräg übern Weg hin. Unter mir im Eis
sehr großer Blasen eiliges Pulsieren.

Der Birnbaum droht mir über die Mauer

Wer da? Ach der. Der ist bekannt.
Der schleicht jedes Jahr hier vorbei,
nachdem er im tiefen Grund zwei drei Bier trank.
Es ist zu befürchten, er dichtet.
Einen Satz murmelt er schon:
»Der Birnbaum droht mir über die Mauer.« –
Zieht den Mond hoch, Schwestern,
daß wir von hinten durchscheinend werden,
den Hang überdämmern, das Maul ihm aufsteht.
Und er vor des Birnbaums lodernder Lohe
die Augen verleiert. – Und wenn er sich nun noch
über die Mauer vorbeugt,
astnachtunternuschelnd den Andrang der Blüten
mit seinen begrifflichen Lippen zu küssen,
springe ein Vieh ihm direkt
auf das Gesicht zu und kreische
großhirnerweichend. – Wie bitte?
Ja, eine Ratte genügt.
Da tappt er stadtwärts, der Bursche. –
Jedweden Tonnenasts schwereloses
Weiß bleibe verwüstet von Wortlosigkeit.

Erdsirenen

Das Schloßhofgitter. Unterhalb ein Graben.
Darunter, wenn ich mich vornüberbeugte,
im Untergraben, in der tiefsten Dumpfe,
von Laub verschüttet, noch ein Rauschen war,
leis untergrölt von fernen Erdsirenen.
Daß ich als Kind dachte: Da wohnt der Tod,
und rannte, rannte. – Längst Familienvater.
Gefestigt jeder Schritt von jedem Schritt.
Doch riesiger denn je die Festungen
der Rhododendren, kopfüber ins Gras
geneigt die Bäume, Nebel stationär,
gezentnert die Jasmine, tausendfach
rings aufgereiht, die Kostbarkeitssysteme
silberner Perlenschnüre überkreuz
luden mir schon bei leisester Berührung
im Nacken einen Liter Wasser ab,
Dämmrungsgrün überschwemmte die Pupillen,
Blattflatschen klatschten mir in das Gesicht;
und doch fand ich, war nun auch längst ein Flieder
darüberhingewälzt, das alte Rauschen,
belfernder untergrölt, und etwas Weißes
schäumte mäandernd durch die Wurzelrippen.
Bist du der Tod? sprach ich zur Tiefenspucke.
Mir schon so nah, daß du vor Freude hüpfst?
Aufglitzerte das Schlänglein und versprühte
kichernd im Laub. Gefaßt ging ich nach Haus.
Doch Kopf an Kopf starrten am Tisch die Lieben
im gleißenden, verschwenderischen Licht
andauernd nur auf einen Monitor,
so daß ich mich vergeblich räusperte.
Hinter mir Nacht und Erdsirenengröln.

Der Rucksack

Totschick, hellgelb, wie neu. –
Wirst sehn, auch der wird alt.

Ich war auf dem Lilienstein.

Beim Biedenkopf zum Sektempfang
und unter den Bierbüchsenheinis.

Ich habe das Stadtbild belebt.

Nicht einmal beim Biedenkopf oben
noch Junger Mann genannt.

Aber das Ding auf dem Rücken –
hellgelb, totschick, wie neu.

Diese Unsterblichkeitsblase.

Aus echtem Rindsleder, hieß es.
Oder wars Känguruh?

Die Dresdner Kunstausübung

Auf dem Rasen im Hof vor den Ranken am Haus
die Stühle besetzt von weißhäuptigen Damen,
die hier schon so lange ins Nachmittagslicht
blinzeln, daß sie zwar Weber nicht mehr,
doch Wagner noch kannten. Und mir nun bedeutsam
zunicken: Gleich geht es los, Junger Mann.
Und wirklich sitzen die Herren Musiker
schon habacht. Ein Fenster schließt sich, ein zweites
mit deutlichem Wummern, und fortläuft die Katze,
ein drittes aber öffnet sich
und ein hoher Malvenstrauß
wartet herab. Jetzt nur noch draußen
das Motorradratzen vorüberlassen.
Von unten, vom schlammdröhnenden Fluß,
das Schleppertuten. Und Stille. Der Berghang
atmet sein düsteres Grün in den Garten.
Und leise beginnen die Herren das Licht
zu violinieren. Die Uralten schlummern.
Langsam überwuchert Adagiengerank
den Garten, die Stühle. Ein Mückenaufnieder
verlangsamt sich langsam und näht
den Augenblick fest. Ich altere nie,
ihr Dresdner Kunstmumien. Aber was haben
die Herrn Musiker? Sie sägen und sägen,
crescendo, und steuern, die Uralten nicken:
ja, die Staatskapelle, das Mückengezuck
rast rasch und rascher, zu Hilfe, die Zeit –
dem Orkus entgegen. Jetzt fehlt nur noch Schnee.
In riesigen Flocken an der Dachkante
vorüber, der weiche Barockschnee des Elbtals,

daß mein Haar weiß wird. Und Beifall. Und Schluß.
»Wo ist«, fragt links die vogelköpfige Alte,
»der junge Mann hin, der vorhin hier saß?«
»Fort«, sag ich. In kaum einer Stunde zu Dresden
im Ansturm der Schönheit um Jahre gealtert.

Das Freischützfinale

Ein Orgelbrummton mit Lilien vermischt,
da sie den Sarg in die Halle vorschoben.

Preßpappe auf Löwenfüßen.
Die eine Zierleiste halb abgefetzt.

Ich konnte nicht weinen, Großvater.
Du hattest ja sterben gewollt. –

Warst extra vor unserem Haus hingefallen,
um nicht wieder fortgehn zu müssen.

Hast einem jeden, den du erwischtest
und am Knie zu fassen bekamst,

als vormaliger Hauptkassierer
der Dresdner Oper den Freischütz erklärt.

Um dich, unter Fuchteln und Spucken allmählich,
»Samiel erscheine!«, Gipsbeingestampf,

Höher und höher in den – »Wo bin ich?« –
Himmel des Freischützfinales zu fisteln.

Da mußtest du wieder ins Altersheimbett
und wolltest die Rote Grütze nicht essen.

Und manchmal trug draußen ein Ahorn
seine goldenen Äste vorbei.

Doch wenn du das eine Auge aufmachtest,
fiel dir das andere zu.

Und kleiner und kleiner dein weißes Gesicht.
Und größer deine Ohren.

»Großvater, ich hab dir Musik mitgebracht.
Die Dresdner Oper, das Freischützfinale.«

»Kenn ich nicht«, sagtest du.
Und spucktest die Rote Grütze aufs Bett.

Und manchmal trug draußen ein Ahorn
seine finsteren Äste vorbei.

Doch wenn du das eine Auge zumachtest,
tat sich das andere auf.

Und leiser und leiser dein: »Ach, ihr seid es.«
Und lauter dein Atemgerassel.

Da stellten wir dir eine Kerze ins Fenster.
Aber du weintest: »Ihr wollt mich verbrennen.«

»Großvater, wo denkst du hin.
Du kommst ins Familiengrab.« –

Sie senkten ihn ab. Selbst die Trauerhutdohlen
plagte Tränenmangel. Großvater verzeih.

Laß schließen die Augen. Für immer im Himmel
des Freischützfinales geborgen zu sein.

Die Blütenfestung

Die Kirschbäume blühen am Zaun,
als gälte es, sich selber noch
ein donnerndes Requiem aufzuführen.

Oder es ist wahr, und sie stehn schon im Jenseits
mit ihren Rändern aus Licht,
im Logbuch des Universums verzeichnet?

Da eine jede, jeden Ast
umdrängelnde Einzelblüte
die Summe der Seligpreisungen enthält. –

Dreifach in sich gestaffelt, eine
weiße, unüberwindliche Wand
mit frostigen Zinnen, Schießscharten aus Schnee.

Unumhaubar, unabsägbar.
Nur oben der schräg ausfahrende Ast
scheint ungläubig um Schonung zu bitten.

Der Wäscheplatz

Die Nachbarin tappte die Treppe herauf
in der Hand ein Photo. »Hier«, rief sie, »hier«.
»Der Wäscheplatz von bei uns hinterm Haus.«
Und wirklich, der Baum vorn links war meiner.
Doch hatte ich nie seine Zweige
so weiß bepackt gesehn. Und woher kamen
die anderen Bäume? Das Zelluloid rasternd,
bis an den Zaun hin? Wann war das?
»Freitags«, rief die Alte. »Freitags war Waschtag gewesen.« –
Vorn rechts zwei Fraun, Haar hochgesteckt,
Korb in der Hüfte. »Das da bin ich!«
brüllte die Alte. »Doch ich bin bald ffft!«
Ich nickte. »Und das da?« »Mann, ihre Mutter!
Sie werden doch ihre Mutter erkennen!«
Schrie sie mir ins Ohr, als wär sie schon wer weiß
wie weit ffft ... entfernt. Hoch stand das Gras.
Und unter vollen Segeln die Wäsche,
die Wolken, die Erde, und Wäscheplatzworte
hin her gerufen, vorgestern gabs Butter
auf ohne Marken, und Gegenbimmbamm,
lieber trocken Brot als Krieg!
im Krähen der Hähne, im Kirschblütenregen. –
»Scheiße, Scheiße«, murmelte ich.
Hatte genug gesehn. Wie sie kam, tappte
die Nachbarin rückwärts die Treppe hinab.

Das Paradies der Betrachtung

Tief das Gebüsch. Der liebe Gott sieht alles.
Der liebe Gott? Wer glaubt schon noch an den,
sprach sie, als wir uns niederhockten,
und ich mit einem Untersuchungsstöckchen
au, tut das weh? ihr Inneres berührte.
Ein zart gezargtes, schläufchenhaftes Rot.
Der tiefste Rätselpunkt der Weltgeschichte.
Sogar das Stöckchen duftete danach.
Und nebenan begann ein Hahn zu krähen,
bis er den höchsten Krähenspunkt erreichte
und unsere hellgrüne Blätterhöhlung
im Sickerlicht zu schwerem Gold gefror;
doch über uns, als schaue Gott doch zu,
ein Schatten ragte: Hör auf, meine Mutter.
Und eingeknickten Knies, im Vorwärtsschritt
nach vorn gebeugt, den Strauch beiseitehaltend,
sah sie zu uns herein mit ernster Brille:
Was macht ihr denn da unten im Gebüsch –
kommt vor, ihr Ferkel! – Ach, wir schlichen uns
an ihr vorbei, als hätten wir uns nie
gesehn: Laß dich hier ja nie wieder blicken!
Ein ausgestreckter Arm, der mich für immer
aus dem Paradies der Betrachtung vertrieb.

Die Giftfabrik

Am hellgrünen Himmel ein Stern.
Über dem Schlot mit der rauchlosen Schrunde.
Der brandigen Mauer mit
dem Gitterfenster, das nachts
oft übers Wasser blinkte. –
Im Kreml brennt noch Licht.

Der einzige Arbeiter, den es hier gab,
weiß nicht, weshalb grade Lenin genannt:
Einarmig, ein Riese, mit langem Bart.
Der, kaum zog er unten im Hof
am Behälter den Hebel herab,
im sich auf ihn stürzenden Giftstaub verschwand.

Drauf lauerten wir nur in unserm Versteck.
Genosse Lenin, riefen wir.
Streck deinen roten Lappen heraus.
Bis er, über und über mit ihm aus dem Bart
rinnenden Unrat bedeckt,
aus seiner stinkenden Wolke vortrat.

Und hinter uns auf der Halde herstieg,
daß wir uns kopfüber ins Baggerloch stürzten.
Ihr Kapitalistenhunde, rief er,
warf Büchsen und Flaschen hinter uns her.
Ich bring euch ins gelbe Elend nach Bautzen.
Nieder mit Ausbeutung, Hunger und Krieg.

Ein wahrhaftes Kommunistengespenst.
Die Faust zum Gruß erhoben,
streckte er uns einen roten
Lappen von Zunge heraus.
Eh er sich erneut den Behältern zuwandt
und sich uns enthob im Kadavergestank.

Sah ihn noch nach Jahren an einer Bierbude.
Genosse Lenin? – Er musterte mich.
Dann zeigte er mir seinen Lappen von Zunge:
Du Kapitalistenknecht.
Auch du hast unsere Sache verraten.
Auf zum letzten Gefecht!

Abriß steht hier wie allem bevor.
Doch blinkert da oben noch einmal der Stern
tief unten im Wasser samt Fenster und Schlot.
Als würde in eisiger Klarheit die Lüge
zur Wahrheit, zur Schönheit das Gift. –
Im Kreml brennt noch Licht.

Hirngefunkel

Die Pappeln, als ich klein war, klein, jetzt groß.
Ein Wald aus kahlen, regungslos im Frost
gegeneinander anknarrenden Stangen.
Im Widerschein der selbst im Schlaf noch Röte
absondernden Stadt ihre Astwerkschwuppen,
einander überkreuzend, ein System
durch Zweigleinzackenschaum erhöhter
Koordinaten. – Oben links ein Stern,
zwitschernd pulsierend. Weiß den Namen nicht.
Hab in der Schule niemals aufgepaßt.
Ein zweiter, dritter. Zweieinhalbmillionen.
Galaxienspeichel gar nicht mitgezählt.
Mein armer Kopf. Spät fang ich an, zu lernen.
Des Lernens Zweck, Herr Lehrer? Hirngefunkel.
Dem Tod die Arbeit möglichst schwer zu machen,
wenn er die Sterne wieder löschen muß.

Die Hacke

Ich hatte eine Hacke. Ich kam
von den Tomaten herüber
und sprach mit dem Blick auf die Welt
von Oma Sonntags strickgeflickten
Bohnenspalieren: nein, nein,
als hinter den gegeneinander gewälzten
Meeren von Borretsch und Lauch,
wie tief war der Garten, die Bäume erschienen,
und hoch und klar in den hohen
und klaren Abend geschnitten,
Schindel für Schindel, das Dach,
als wäre es heilig – nein, nein,
sprach ich, im letzten orgelnden Licht,
mein Haar ein Gloriolengefitz,
und wankte ein wenig, doch schwankte
mit mir eine Zusatzgloriole
aus tanzenden Mücken zum Zaun,
dahinter noch immer das Welträtsel ratzte,
da ich mit den Worten: nein, nein,
das habe ich nicht verdient,
im stockdunklen Schuppen verschwand.

Robinie

Unmöglich, ans Jenseits zu glauben.
Deshalb vor dem Fenster der Zweig.
Wie er inwendig verflimmernd verfließt,
sich verdunkelnd durchscheinend wird,
beiläufig vergoldet, und wieder hinauf
durch sämtliche Grüns rennt. Als zählten die Schatten
den Kurswert. Als spiele das Licht
auf den Pfennigblättern. Präg dir das ein:
Wer glaubt, darf kostenlos ins Paradies eintreten.
Wer aber ungläubig ist,
muß mit der grünen Münze
des Augenblicks bezahlen.
Und hätte auch ganz gern ein Winkelement
beim Hosiannageschrei.

Schneegesicht

Am schönsten ist der erste Schnee,
sprach ich und ging. Ich kannte eine Stelle,
wo sich der Weg, strauchüberwölbt, verengte.
Und wirklich war das schneeverflochtne Holz
das Zwitscherchaos eines ganzen Jahres,
und noch aus kleinsten Höhlungen
piepten mir Wesen voller Angst entgegen.
Ich ging hinein. Nun aus der Nähe sah ich
die Zweige anders. Ein Geflecht
in sich verhakter Dornenkronen,
jedoch das Aufwärtsspießende verschneit.
Und überm Dorn den Schneelasthimmel.
Ich wartete. Mir sicher, daß sich gleich
von oben her ein Schleier löse
und kleine Punkte immer größer würden
und in der Luft sich massenhaft vermehrten
bis Riesentupfer mein Gesicht befielen
und mich erlösten. Nichts geschah.
Nur daß schräg aus dem Astwerk eine Fahne
Schnee sich verbreiternd auf mich niederstäubte.
Und ich da stand. Bepudert Nase, Braue.
Die Augenlichter schwarz. Ein Schneegesicht,
das weiß bepappten Munds die Worte sprach:
Ach, daß gerade mich der Strauch erwählte.
Und endlich weinte, da in großen Fladen
schmutziger Schnee die Wangen abwärtsrann.

Das Elbtal

Wir waren die Dorfstraße einwärtsgekommen.
Vorbei am Haus, vor dem, in einem Holzverschlag,
seit vierzig Jahren eine Quelle schlief.
Und hatten auf abschüssigem, vom letzten
streunenden Licht verunwirklichten Pflaster
in einer Biegung den Abend betreten.
Rasch faßten wir einander an der Hand.
Selbst Hüsteln hatte hier was Heiliges.
Denn überm Elbtal hing in breiten gelben
und schwarztintigen Schlieren Sachsens Meer.
Doch auf dem Zaun war etwas Klumpiges
in eins gehockt, das Fell von Schwärze sprühend,
reglos, ein Knäuel elektrisierter Leiber.
Die Hintern weit ins Leere überhängend
und doch von Geilheit fest ans Holz genietet.
Wobei die Buckelung des Untertiers
in der Aufbuckelung des Obertiers
das Universum zärtlich ränderte.
Da fing das Obertier zu ruckeln an,
und über uns wankten die runden kleinen
Hödlein sonderbar menschlich auf und nieder.
Da dachte ich: Nun sehen wir schon das.
Da ging das Ruckeln erst recht ins Verschärfte,
daß uns die Hände auseinanderfuhren.
Und lässig löste sich das Untertier
vom Obertier, das plump aufs Pflaster krachte.
Dann Nacht und Stille. Dann, von unten her,
aus größter Nähe wie aus fernster Ferne,
das tausendfache Kreischen riesenhafter
Frauen auf Bänken unter Apfelbäumen,
kontrapunktiert vom dumpfen Ja der Männer.

Wie wir hinunterkamen weiß ich nicht.
Nie war dein Leib so weiß und mondhaft fest
und derart mit Abgründen überladen.
Was ist der Mensch? hörte ich mich noch rufen.
Selbst seine Hödlein schlenkern durch die Nacht. –
Von Flieder dufteten mir meine Finger.

III. Benedikt verbrennt die Engel

Das Echo

Im Grün des Waldes saß ich nieder,
in lichtdurchwirkter Stille, lauschend,
und Mückenstäubchen fuhren auf und nieder,
da ihren Bogen die Betonbahn rauschend

ums grüne Zelt schlug. Wie sie wieder lügen.
Was auseinanderfährt, zusammenbiegen.
In Volkes Namen mit den Brillen rucken.
Und Wort für Wort das Wort zu Tode drucken.

Daß Baun Zerstörn heißt und Verfall der Rest.
Gut gehen, daß es jeder gehen läßt.
Umsicht, daß wer wie was wanns wo gibt weiß
und um den eignen Scheiß sich kümmern, Fleiß.

Sprach ich und lauschte. Echo? Haarausfall.
Durch schüttres Astwerk lugte schon das All.

Der Eismann

Im Tal der Straßenbahnen
ging ich. Im selben Takt
gingen mit mir die Leute.
Da hat es mich gepackt.

Und ich fing an zu hüpfen
und blieb gleich wieder stehn,
denn rings an mir vorüber
der Leute Art zu gehn,

war kahlgeschorn im Nacken.
Und in den Augen Blitzen
wie von geheimen Zacken.
Auch mehrten sich die Mützen.

Doch rechts gabs Eis. Der Eismann,
ein hoher Offizier
brüllte mich mit: Mensch Mann, an –
was wollen sie denn hier.

Ich sagte: Eis. Und ließ mir
ein Eis entgegenstrecken.
Im Stechschritt, Marsch, zwo drei vier,
gelang es mir, zu schlecken.

Die Dienstmütze

In jeder Landschaft muß sie straff gespannt sein
Und vorn und hinten leicht emporgekrümmt.
Daß den Getellerten von vornherein ein
Beständig Vorwärtsweisendes bestimmt.

Grundsätzlich aber wird sie erst durch Schirm.
Denn sie schirmt ab. Zum Beispiel: Vogelflüge,
Die, ausdehnend die grenzenlose Lüge
Des Himmels, hoch ins höchste Blau entschwirrn,

Bis sie, gesetzt, es herrscht Raketenplage,
Mutiert zum Eisenhut, den Blick halbiert.
Daß Gehers Gehen niemals in der Frage
Des Überblicks den Überblick verliert

Und weitergeht, solange sich ein Rest
Hirn in der Schädelschale finden läßt.

Das Alphabet des Wünschenswerten

Dem Auto soll der Mensch entsteigen,
Das Auerhuhn sich wieder zeigen.
Der Birnbaum dürfen bleiben stehn,
Beton zur Not zu essen gehn,
Durchs Chaos strengste Ordnung funkeln,
Cassandras Grauhaar wieder dunkeln.
Die Direktoren Dienstags weinen,
Die Dummheit sich auf Klugheit reimen,
Ans Es das Ich mit Freuden denken,
Erfüllung selbst die Ehe schenken.
Der Fortschritt sich im Fortschritt üben,
Der Funktionär sich grade biegen,
Kein Gatter zu vergittern wagen,
Die Glatze eine Glorie tragen.
Und Hänschen klein? Das Laufen lernen.
Der Himmel tragbar sein den Sternen.
Der Ichthosaurier sich beleben,
Der Ingenieur kopfüber schweben,
Der Jaguar voll Stolz stolzieren,
Das Jammerbild das auch probieren.
Sich selber die Kloake klären,
Sogar der Klempner uns beehren,
Und Lenin leise sich entfernen,
mit seinem lernen, lernen, lernen.
Ein Reimwort finden das Wort Mensch,
Die Milch sich melken auf der Ranch,
Die Nixe durch den Klärschlamm blicken,
Und ich? Nie mehr mit Nickern nicken.
Der Ochs das Himmelreich beerben,
und unsre Oma noch nicht sterben,
die Polizei sich nicht vermissen,

Pilatus nicht mehr schuld sein müssen,
Die Quelle aus der Röhre springen,
Und Qualität den Kuß durchdringen.
Die Rose mit dem Fuß aufstampfen,
Die Ratte einen Rettich mampfen,
Dem Sohn die Schönheit sich vererben,
Der Schlüssel noch gefunden werden,
Der Tod am Tisch Platz nehmen dürfen,
um schwarzen Tee mit uns zu schlürfen.
Und Und sein jedes Und dem Und,
Und Um und Um rundum gesund.
Des Veilchens Blau vor Lust verblassen,
Der Vormittag sich ändern lassen,
Der Wald durch das Präsidium rauschen,
Die Walze mit der Wolke tauschen,
Das X sich x-fach x-wärts tricksen,
Das X-Bein um das O-Bein ixen,
Das Y als Yrrlicht hüpfen
Ynd myttyn dyrch dy Wyrty schlypfen.
Kurz, fassen jede Zeit zur Zeit
ein Zipfelchen der Ewigkeit.

Benedikt verbrennt die Engel

Sieben Jahre an der Klappe.
Sieben Biere auf dem Brett.
Und die Elbe ging hinunter,
schwarz und schwer von Schwermetallen.

Deutschland Deutschland war geteilt.

Doch so oft wir auch die sieben
Biere in uns selbst umlenkten,
blieb doch ihre Zahl konstant.

Schmerzlich schmal der Mond hangüber.

»Muß die Elbe sich noch lange
bis an ihre Mündung wälzen,
eh sie wieder rein und klar
hier an uns vorüberfährt?«

Fragte mit schon schwerer Zunge
Benedikt der Holzbildhauer.

Länger als wir warten können.

Da trank Benedikt die sieben
blassen Biere einfach aus,
ging nach Hause und zerhackte
Tisch und Stühle und versuchte
Lenins Werke zu verschenken,
doch wer las die, außer unserm
Hamster, wild auf Sowjetleim.

Monde kamen, Monde gingen.

Und die Elbe ging hinunter
überdeckt mit weißen Fladen.

»Sind im Westen alle Dächer
ganz aus Gold?« – »Nein, das nun nicht.
Aber wenn du brav bist, kannst du
Tag für Tag Bananen essen.«
»Wieviel Stück?« – »Ach, über tausend.«

Deutschland Deutschland, Donnerwetter.

»Muß man auch im Westen sterben?«
»Freilich. Aber vorher darf man
Jahr für Jahr ins Ausland fahren
und wird alt durch Vitamine.«
»Wie alt?« – »Über neunzig Jahre.«

Überm Dach ein fetter Rauch.

Der pro Einzelschwade dreimal
suchend um die Esse rannte
und dann schräg gen Himmel zuckte.

Benedikt verbrennt die Engel.

»Ja«, sprach er, »ich hab den Stempel.«
Und warf armeweise Arme
Beine Flügel in den Ofen,
auf ein Niemehrwiedersehn.

Mondgong überm Kraftwerk Mitte.

Und am Grund der Elbe ging
ab und an ein Koffer mit.

Und als Hinterbliebne hinter
Vater Mutter Kind her schritten
wir mit einem Korb voll Sekt
Marke Apfelbaum zum Bahnhof.

»Kommt doch mit.« – »Nein, lieber nicht.
Wer soll sonst den Bieren beistehn,
wenn sie auf dem Brett nachwachsen?
Sind ja so schon blaß genug.
Schreibt mal eine Karte.« – »Klar.«

Züge mit Briketts beladen.

Und entlang des ganzen Bahnsteigs
Abschiedsgrüppchen, sich umarmend,
auf ein Niemehrwiedersehn.

»Kommt doch mit.« – »Wozu der Aufwand
wenn man trotzdem sterben muß,
wenn auch erst mit über Neunzig? –
Bleibt normal da drüben.« – »Klar.«

Selbst am Grund die Steine fragten
langsam nach dem Weg im Schlamm.

Und die Reste der Barockstadt
wälzten sich vom Kraftwerk Mitte
her in Form von Rauchkonsolen
schwarz und schwer am Mond vorüber.

Züge mit verhängten Rohren,
streng geheimen Panzerhüften.

Nur der Zug stand immer noch.
Und die Wucht des Abschiednehmens
nahm ab mit der Zahl der Flaschen.

Doch ringsum die Turnschuhtypen
hatten keinen, der davonfuhr,
keinen, der mit ihnen trank.
Mußten sich, nicht aufzufallen,
auf dem Bahnsteig selbst umarmen,
auf ein Immerwiedersehn.

Deutschland Deutschland war geteilt.

Aber da, ein Pfiff, ein Aufschrei.
Und ein Ruck. – Im Abteilfenster,
halb entrückt und leuchtend fremd –
Vater Mutter Kind Ikone.

Und wir rannten – ja der letzte
macht das Licht aus – fünf sechs Schritte –
mit dem Zug mit – Sehn uns doch
dereinst wieder, wo die Engel
freudig mit den angekohlten
Flügeln klappern – Und fort warn sie.
Und wir standen ganz allein
mit den Spitzeln auf dem Bahnsteig,
die mit uns ins Leere winkten.

Nur die Dummen bleiben hier.

Aber eh der Mond hangüber
zwölfmal in die vollen ging,
steht mir bei, ihr blassen Bierchen –
überm Fluß ein tausendfaches
schluchzend singendes Geschrei:

Deutschland Deutschland war vereint.

Mann, daß wir uns noch mal sahn,
ehe wir gestorben waren.

Golden färbten sich die Biere.

Und wir standen an der Klappe,
nippten je an jeweils Einem.
Mußten heute ja noch weiter,
teils ins Ausland, teils nach Hamburg.
»Warst du etwa auch ein Spitzel?
Warum bist du hiergeblieben? –
Meine Engel sind verbrannt.«

IV. Du aber sollst Plinius heißen

Die Kirschbaumepistel

Mein lieber Lühr. Du kennst bei Niederbobritsch
den seitlich hangauf gebuckelten Weg,
wo unter einem steil abfallenden
Ackerrand in der Wiesenschräge
ein Wirrbild von Baumkrüppeln die Idee
gebenedeiten Blühens aufrechterhält
und hohes Weiß den Ort bedeutend macht.
Ich jedenfalls immer gleich hin. Methode: Augen zu.
Aufheben das Gesicht, die flatternden
Lider: Ins hin und her durch die schwarzen Äste
stürzende, jeden Zwischenraum
mit Augenblicken voller Leichtigkeit
füllende Weiß, bis oben durch die Höhlung
gefrorner Explosionen, baß erstaunt,
der Himmel sah und zwölf Millionen Bienen
stehenden Fußes auf und niedergingen,
daß ich im Sog, wenn auch nur einen halben
Millimeter, über den Weg entrückt,
aufschwebte und, die Arme angelegt,
im Blütensausen und Insektendonner,
verharrte, bis ich, abermals die Augen
schließend, zur Landung ansetzte und ging,
als lichtgesalbter für ein ganzes Jahr.
So diesmal auch. Nur standen meine Füße
wie angestemmt. – Ja, Lühr, die vielen Biere.
Sowie Lektüre allgemeiner Zeitung.
Denn heimlich hab auch ich mich abgefunden.
Wer glaubt schon noch, was, da wo keiner glaubt,
zu glauben Pflicht wär: Ans Unmögliche?
Vergeblich warn des Herrgotts schiefe Wunder
bei Niederbobritsch übern Hang gestellt.

Und als ich mich noch einmal umwandt, standen
sie höhnisch grinsend überm Ackerrand,
als schwebten sie. Und als ich aufsah, zogen
sie schon ganz oben, Blütendampf an Dampf,
über mich hin. – Wirst jedenfalls, kommst du
nach Niederbobritsch, sehn: Der Hang ist leer.

Minus

Die Stunden, die sich rechnen müssen,
von den Sekunden, die zählen, abziehn.

Glühwürmchenwetter

Unter den reglosen Sternen
hinwandernd, ein Zickzacksmaragd.
Daß ich ihm nachlief, im Gegenzickzack,
und hin und her wankte im Glühwürmchenwetter:

»Ach Lämplein, ich kann doch nicht fliegen.«
»Schon gut«, sprachs, »ich leuchte dir heim.«
»Wie weit noch?« – »So weit, bis im Schädel
das letzte Würmlein verlischt.«

Die Wegwankmaschine

Das Elbtal ein Ort des Durchstürzens. Selbst hinter den Stämmen der
Kastanien das Geschlenker von Hängern. Ein Weidenbusch
krümmt sich, gebiert einen Weg, ein dunkler Gehenspunkt,
sich mehr in sich selbst abarbeitend denn näher kommend, kommt
allmählich bei den Pfählen, wo in der Senke Vieh
regungslos hingelagert die Dauer der Welt darstellt,
herauf als eine alte Frau, schwarz und krähenhaft,
wie sie seit Jahrhunderten die Wege bevölkerten,
und geht nun, stärker wankend, die stärkere Steigung, wo
die Buckelung der Steine im Licht verflimmert, an
mit ihren Einkaufstaschen, ein wegverlängerndes
Tapferkeitsperpendikel, der Obstspaliere Grün
abstufend und vertiefend, daß unten selbst Zackzack,
ferner gerückt fortdröhnend, in andrer Zeit erstarrt
und nur noch sie vorankommt, doch nun, bloß ein Moment
der Unaufmerksamkeit, da dir aus Blattgerank
ein stilles weißes Leuchten entgegenschlurrt, verschwand,
und wieder Hängerschlenkern den Augenblick zerhackt,
bis daß erneut, o Wunder, die gebenedeite
Wegwankmaschine vortritt: Umwickelt ihre Knie.
Die Beine dick und steif, nach außen ragend, daß
sie je sich in des Wegs Abgrund falln lassen muß,
und so, von Unwucht mühsam vorankatapultiert,
endlich die Kehre nimmt, das Haus erreicht, die Tür. –
Du aber Plinius heißen sollst, da du am Ende des
Jahrtausends noch einmal wen Gehn gesehen hast.

Die Abendmaschine

Ich saß auf der Höhe der Berge
auf meinem Hocker vorm Zelt.
Und sah auf die Wände, Schneewächten, ein schmales
glitzerndes Rinnsal, das langsam im Fall
zu einem Fädchen aus Silber gefror.
Da über den Wolken ein Nörgeln erschien,
ein höheres Mumumsgebrumm.
Die Abendmaschine. Da saßen
die Passagiere, zurückgelehnt
in ihre Sessel und tranken Kaffee
und aßen ein Stück vom Rind
über dem Abgrund der Erde,
das Fliegen im Flug zu vergessen,
und schienen da oben im Luftkorridor
schon zu verharren. – Das Fädchen verlosch.
Kopfüber turnten die Wolken herab,
um an den Wänden zu schlafen,
und langsam flog auch ich auf dem Hocker
mit allen Bergen ins Dunkel davon,
eh noch das Nörgeln den Flugplatz erreichte,
schon über alle Berge zu sein.

Auf eine Umfrage von Radio Veronika

Die deutsche Seele

Wo die deutsche Seele ist?
Woher soll ich das wissen.
Am ehesten in Kleinzschachwitz.
Am ehesten in mir.
Aber auch ich bin zur Zeit unterwegs.
Endlos kreisend sucht sie sich
selbst auf den Autobahnen.

Abschaffung des Autoverkehrs:

Auspuffrohr nach innen biegen.
Gute Idee, röchelte ich.

Sauerland

Die Enten auf dem Teich so fett,
daß sie weder schwimmen noch untergehn können.

In Bayern

Wie sie ihre Kirchlein weißleuchten.
Sie halten den Herrgott im Dunklen nicht aus.

Heidelberg

Am Philosophenweg
hängt noch ein Nistkasten schief.

Der Aufschwung

Nun blüht auch hier die Rose laut Katalog vorm Haus.
Und über der Glanzdächer Glattrasterung erstarrt
der gläserne Himmel zu blau gelackter Gegenwart.

Die Frankreichfahrt

Ich saß in meinem Garten. Ein Baum stand neben mir,
da wir im Wechsel knarrten, ich bleibe hier bei dir.
Bis um das Haus ein Auto kam und quäkend hupend rief:
Ans Meer, ans Meer, nach Frankreich. Ich tat, als ob ich schlief.
Doch auf klappten die Türen. Zum Baum sprach ich: bis bald.
Auf heulten die Motoren. Schon war ich angeschnallt.
Und tiefer neigte sich der Baum herab im Schwefellicht
und wackelte mit jedem Blatt. Ich wendete mich nicht.
Schloß abermals die Augen im Straßenrandgegrins
der herrschenden Reklamen für Bier und Pfefferminz.
Und als ich wieder aufsah, kam andrer Baumbestand,
einer hinter dem andern, armfuchtelnd angerannt,
und bäumte sich groß vor mir auf, eh er am Rand entlang
ohnmächtig auf der Stelle trat und hinterrücks verschwand
samt Weinberg und Gebirge und großer Städte Rauch,
der Tachometer zeigte den Horizontverbrauch.
Denn sich im Überwinden und Fahren-lassen-hin
selbst immer vorzufinden: Das war des Fahrens Sinn.
Bis eine Stadt Dijon hieß. Ich saß und trank Kaffee,
den eine Frau mir brachte, die nannte mich Monsieur.
Ob ich das Meer sah? Weiß nicht. Es wich vor mir zurück.
Ein riesenhaftes Gähnen im Büchsen-Flaschen-Schlick.
Doch schlug im Schlaf am Rand aufbrandend der Verkehr
mir nachts noch an die Schläfe. So hörte ich das Meer.
Und sah in Stein die Sünder mit eingeknickten Knien,
nackten Beinlein und Brüstlein, staunend zur Hölle ziehn.
Stand, schattenlos im grellen Licht, Buch unterm Arm, davor.
12 Millionen Engel verbrannt im Auspuffrohr.
Für den Besitz der Ferne. Dafür sah hinterm Haus
der Baum, kaum fuhrn wir hupend vor, wie jeder andre aus.

Das Immobilistenballett

Die Autos stehn schräg auf der Wiese. Die Herren
treten drei Schritt vor und heben die Köpfe
im Grölen der Vögel. Ist ja wirklich hier
eine richtige Wildnis. Doch schwierig als Bauland.
Wie soll sich das rechnen? Rechnet sich das,
kauft man sich gleich was, und wieder drei Schritt vor,
wo man noch wirklich, und Brombeergerank
umklammert die Hosen, zu leben versteht,
in der Toscana, der Kirschbaum muß weg,
zwecks Tiefgarage – aufwehen die Schlipse,
das Grölen der Vögel malt Bögen in ihre
pragmatischen Hirne, und selbdritt drei Schritt
stolpern die Herren, SOS tippt einer
in den Taschenrechner, o Wunder, in Richtung
Toscana. Totale Kirschblütenverschüttung.

Feierabend

Die Herren vorm Aufsichtsamt
kneifen die Augen zusammen.
Erfreut, daß die Sonne scheint.
Ohne ihr Zutun, kein Mensch
kann sich um alles kümmern.

Das Fachwerk ringsum aus dem Spielzeuggeschäft.
Die Malven auch erst renoviert.
Daß wir in Deutschland sind, wissen die Herren,
hängen den Umstand zur Zeit
aber nicht groß an die Glocke.

Stehen noch kurz beieinander
mit wohlmeinender Stirn.
Halten die graueckigen
Heckenschnittbärte ins Licht,
als ob sie des Kaisers Geheimräte wären.

Gehn zu den lenkbaren Särgen hinüber.
Fahren davon, die Sicherheitsschärpe
über der Brust. Feierabend.
Was heute nicht geschafft worden ist,
wird sicherlich morgen erledigt.

Das Buchlabyrinth

Gleich hinter Weimar die Sonne.
Und auf der Betonbahn von flüssigem Rot
flog mein Giftwägelchen ratterlos leicht
nach Frankfurt, nach Frankfurt. Da wurde ich müde.
Und legte mich – und auf rollenden Treppen
fuhren die Beine der Schönheit endlos
über den Werken des Geists auf und nieder –
der Länge lang auf den Rasen und schlief –
und langsam verebbte, okay hieß das Wort
und super das andre, das Stimmengewirr –
am Fuß eines Turms ein, den Kopf
an einen Papierkorb gelehnt. –
Es gab keine Botschaft außer im Schlaf.
Aber wer hörte in Frankfurt den Schlaf?
Und als ich erwachte, direkt über mir
auf einer Bank, zwei Großkritiker saßen
und kauten zum Frühstück ein Buch
durch, um es auch zu verdaun.
Ratzbatz, sagte der eine.
Ritschratsch, der andere.
Mene tekel u-pharsin.

Stoßstangentiere

Meine kleine Frau
war über die Gleise gegangen,
um einen fremden Mann anzufassen.
Ein Königreich für ein Pferd, dachte ich,
und warf mich ins Auto. Doch hinter mir her
sofort ein andrer, den wieder ein andrer
verfolgt, verfolgte, und schon kamen sie
quer durch die Nebel, in endloser Reihe,
Lichtauge an -auge, und blinkten vor Trauer,
weil ihnen ein fremder Mann hinter den Gleisen
die Ehe zerstörte, und röhrten vor Zorn,
nicht auch noch das dauernde Stöhnen zu hören,
in dieser Nacht zwischen Osterholz-Scharmbeck
und Bremen zwölftausend, ich fletschte die Zähne,
Stoßstangentiere; da brach der Verkehr
zusammen, gen Morgen die Nebel
leckten das Gras ab, die Kühe
standen ein Stück in der Luft.
Du aber lagst da und schliefst.
Auf deinem Schlüsselbein sah ich
das Äderchen der Unschuld tuckern.

Das Sauerlandexil

Das Kippfenster zeigte ein Dachschindeltal.
Und eine im Regen ansteigende Straße
mit blinkernden Ampeln. – Am Waldstangenrand
hatten noch Masten Gebärden vorrätig.

Nur rätselhaft, was die Bewohner hier taten.
Sie taten, was du tatst: Sie fuhren entlang
an hellblau schimmernden Benzinkathedralen
ins Spaßbad oder Phantasialand.

Doch gib zu: Das Rollengelagertsein war,
wenn längs der Landstraße von anderen Pneus
aufgewirbelte Schleier aus Regen mitzogen,
auch dir eine Heimat, ein lenkbares Haus.

Und manchmal kam auch die Sonne heraus.
Und zum Schützenfest nahmen ergrünende Hüte
Kontakt zu den Waldstangen auf,
bis Regen die Blasmusik wieder durchsiebte.

Das geistige Zentrum des Orts war der Parkplatz.
Wo dich – gehts Ihnen gut?
eine Frau in die Kirchengemeinde einlud.
Sie trug einen Hut mit erotischer Wölbung.

Kinder spielten hier nie auf der Straße.
Halt, einmal sahst du doch zwei.
Sie ließen ein Boot fahren auf einer Pfütze
und riefen auf polnisch Ahoi.

O Schüttelfrisuren, beim Einkauf geschüttelt.
Tschüs okay alles klar –
stand noch in der Luft, ein Kondensstreif aus Küssen,
da die Schüttelfrisur schon davongezischt war.

Und dann die Spaziergänge Abends im Dunkeln.
Türen mit Myrte und Posthorn geschmückt.
Ein Schritt – und ertappt von aufgleißenden Lampen
blieb dein erschrockener Schatten zurück.

Und der Weg in die Kneipe führte ins Schweigen
von Männern, hier auch im Exil.
So daß du sie ansprachst. Doch keiner verstand dich
im Sauerlandradiogebrüll.

Vor einem Schaufenster standst du im Regen,
sahst im Glanz ein Bett aufgebahrt
sich motorisiert auf und nieder bewegen,
auf dieselbe verzögerte Art,

wie oben in der Fensterschlucht,
als rings sonst alles dunkel war,
von violettem Licht umzuckt,
in eins verschränkt, ein Paar.

Und auf der Straße schalteten
dazu die Ampeln um.
Von rot auf gelb, von gelb auf grün,
ein Blinkmysterium.

Der Bote

Was kann der Verurteilte anderes tun,
als aufstehn, in die Küche gehn,
einen Schluck Wasser nehmen,
beim Blick in die Zeitung das Urteil
nochmals bestätigt finden,
hinaus aus dem Fenster sehn,
wo oben über die Kreuzung
bei Rot ein Fahrzeug herangeprescht kommt,
genau vor der Tür hält. Ein Kerl
herausspringt und aufgeregt winkt.
Aufschub bis ans Lebensende.

Zeichen der Zeit

Der Mann an der Rinne pinkelte gar nicht.
In der gekachelten Landschaft stand er
mit kahlem Stirnhaupt. Und hielt mich im Auge
mit dem einen Auge, das öchsisch wie das
des Apostels vorquoll. O Bruder Entblößer!
Du hast die Zeichen der Zeit erkannt.
Was einzig noch gilt, ist der eigene Winker,
der, sichtbar gesehen, erglüht, um zu winken
und winkt, zu erglühen. Ich sah, daß ich sah.

Irrfahrer

»Odysseus? Schon wieder? Du sollst über Dipps fahrn!«
»Ich weiß.« »Na, dann komm doch!« »Unmöglich.« »Wieso?«
»Wer weiß wie, kommt auch niemals an.«

Abschied vom Prinzipiellen

I

Wo ist der Philosoph geblieben?
Wo haben wir ihn hingetan,

den Überdenker der Zeiten?
Eine flache Wölbung sein Leib,

die Allgemeine Zeitung
ist ihm beiseite gesunken.

Ja, sagt jeder Atemzug.

Denn der Veränderer
muß die Beweislast tragen.

Abschied vom Prinzipiellen
heißt auch nur Gute Nacht.

II

Aber auch ich schlafe längst.

Denn keinem ging es je so gut
wie ausgerechnet mir.

Ja, ja. Ja, ja. Ja, ja.

Der wild übers Bett sich vorsträubende Bart –
ein rudimentärer Veränderungsmuskel.

Kralle wird Kralle bleiben.

Aber die Augäpfel schreiben,
einwärtsschielend, die schräg

einfallenden Leuchtfeuer mit.

Engelsbalance

Engel hab ich mir abgewöhnt.
Aber nun dieses Klarsichtfenster.
Das Bäumel, das hier die Natur
mit dürrem Einzelblatt vertritt,
ab und an mit den Blicken zu berühren.
Ob es was merkt? Im strikt Vorbeistolzieren
den Kopf abwendend, führt die Katz mir vor,
daß ich nicht bin. Doch bin ich ziemlich stumm.
Ob da nichts durch die Scheiben dringt?
Vorbei am Bäumel, über Zäune Wiesen
und Koppeln, daß die jeder anders schiefen
Pfähle schon schiefer neben den
schwärzerschielenden Gräben gehn,
bis in der Senke Überschwemmung blinkt,
der Pfähle Gang im Grau versinkt –
zumal ich kaum noch atme, um
das Vakuum bis zur Chaussee zu dehnen
und zu entmachten den Verkehr nach Bremen.
Mehr schaff ich nicht. Und auch das nur
Dank Ohropax. Von Engeln keine Spur.
Höchstens, daß ein Großvogel langsam die
Landschaft (kein Engel, Ornithologie)
weiter und weiter horizontwärts führt,
daß ich und Bäumel leider hinten bleiben,
jedoch das Grün noch einmal Anlauf nimmt,
und sich, da Pfähle aus dem Wasser steigen,
einer am andern, bis ein letzter Pfahl
als dunkler Punkt den Himmel kontaktiert –
aufkrümmt zum dünnen Landschaftslineal.
Dahinter ahnbar schnurgerades Fließen.
Und schon im Nichts, statt Engelskreatur,

finsterer Kracken zages Aufwärtsspießen.
Das wars. Was nur das Bäumel hat?
Das Zackige ins Licht gezackt,
rotiert propellerhaft sein Blatt
wie kurz vorm Start. Jedoch auch ich
stehe, auf einen Stuhl gestiegen,
auf einem Bein und beug mich vor,
um armeflatternd aufzufliegen,
Engelsbalance. Der Himmel riß.
In einem schmalen Spalt aus Gelblichtregen
sehn wir die schwarztriefenden Baumkollegen
astflügelwippend himmeleinwärts trotten.
Ihr Heiligen, laßt uns nicht hier verrotten,
das Bäumel spricht. Die Chaussee dröhnt.
Engel hab ich mir abgewöhnt.

Auf einen Lastkraftwagen

Wie eine Hundeschnauze, flach in das Kraut gelegt,
schmult mich von unten her, hier, am verlaßnen Ort,
wo Aufschwung noch nicht hinkam, ein fremdes Wesen an
mit halb zerbrochnen Lichtern; eingesunken das Rad,
das Trittbrett durchgerostet. – Entgegen starre ich.
Die Knie leicht angewinkelt, den Oberkörper weit
nach vorn gebeugt, die Brille mit Leukoplast geklebt,
dachhaft das Haar gebrettert, die Bartverwilderung
abwärts gesträubt in Starrens Richtung. Wen kümmert das?
Was aber untergeht, scheint zukunftszugewandt.

Abstellgleis

Es ist ein schwebendes Liniensystem
mit schwankenden Lampen behangen

Es ist ein Streifen Schotter
die Nacht lang taghell zu leuchten

Es ist eine endlose Nacht

O Herr gib deinen Dingen Sinn

Es ist ein vergessenes Rohr
das aus der Tiefe dampft

Ostbarbar

Stets hinter Wiesen hohe Baumbestände.
Gebirgig dämmrig schon am Nachmittag.
Doch alle Wege führten ins Private.
Die Aufschrift: »Vorsicht, pflichtbewußter Hund«.
Der Bauer, der mit einer Schwabbelscheibe
das Gras, das unterm Zaun vorstand, bekämpfte,
zuckte die Schultern. Lange brauchte ich,
vor seinem Blick mich zu verwinzigen,
teils bäuchlings Draht durchkriechend, teils im Sprung
von Grabenrand zu Grabenrand zum Graben,
in den ich fiel, doch, ob aus Hosenröhren
auch Gülle vorschoß, schönen guten Abend,
ins Restholz eintrat: Vor ein weißgestabtes
Kugelkopftor, Paul F., Architekt, Tiefgarage
samt Chromschiff, schlummernd. Ahnbar hinter Glas
des hier selbst über Sofas ausgebrochnen
Paradieses Agaven Orchideen.
Und ringsum Nacht. Nacht, die in meinen Röhren
gefror. In der Gehölznacht über mir
explodierte ein weißer Blendungszacken.
Und eingeschreint in eines Dauerblitzes
kostbares Gleißen war der Architekt:
Vorbeugte er sich und entwarf den Giebel,
in dem er saß, den Giebel zu entwerfen.
Vor jeder Regung seines Leuchtpullovers
verblaßte Rom. Ein Wort, hinaufgemurmelt
bis nach New York, und Babylon verstummte.
Paul Friedrich war der reichste Mann der Welt.
Doch ich nun wieder was ich wirklich war:
Ein Ostbarbar. Und Finstergülle griff
nach meiner Hüfte. Zwei, drei Schritte trat ich

näher hinzu, und Klicken rings ums Haus.
In Trichtern aufgehängte Hunde bellten.
Scheinwerfer kalkten die Gehölznacht weiß,
den Bart, die Hände. Als wär Todesschnee
tonnenweise herabgeschüttet worden.
Groß meine Mühe, würdevoll zu fliehn.
In johlende Jahrtausendfinsternisse.
Da paßte das Jahrhundert mit hinein.

V. Der letzte Grund

Mensch ärger dich nicht

Draußen die Toten im Regen.
Wir aber sitzen im Lichtkreis der Lampe
und spielen Mensch-ärger-dich-nicht.

Du darfst noch einmal würfeln.

Ob sie durch uns deutlicher werden?
So wie das Dunkel die Lampe erfand,
der Tod das »Mensch-ärger-dich-nicht«?

Jetzt fliegst du raus, mein Lieber.

Ach, wüßten die Toten da unten im Dunklen,
ob oben die Lampen noch funktionieren,
bis auch die Sterne ausgelöscht werden.

Mensch, wirf doch die Männeln nicht um.

Mozart

Ein Tastengeklacker. Und rumms rumms die Treppe
stapft der Tod hoch. Doch der Kerl ist schon wieder
auf und davon über alle Oktaven,
dreht grinsend den Kopf im Triolengestöber.

Noch heute läuft der Tod durch Wien
und schlägt nach im Knöchelverzeichnis
und verkauft der ratlosen Fachwelt
den falschen Schädel als echt.

Doch wieder hört er den Unsterblichkeitstriller
und nimmt gleich den Fahrstuhl, den Falschen zu treffen,
der hier auch nur übte. Nicht traurig sein, Tod.
Kriegst ja sonst jeden, auch mich. – Lauf, da rennt er.

Brockes

Herr Brockes sitzt am Fenster.
Der Diener klopft an, bringt den Gottesbeweis
im Wasserglas, einen Kirschblütenzweig.

Andere Zeiten, ein anderer Ast.
Vielleicht fliegt am Fenster ein Flugzeug vorbei.
Doch die Geschichte will fortgesetzt werden.

Lackschwarzes Baumgeknorpel.
Die Blüte schüchtern abgespreizt.

Staubfädchen, insektenfüßig.
Gewimperte Seelenklaviere.

Kein Schnee, der genannt werden darf,
um nicht ihr Weiß zu verfinstern.

Aller Augen schauen dich an,
die je eine Kirschblüte sahn.

Bis deine Augen ihrerseits
durch fremde grüne Spiegel schwirren.

Breughels Ikarus

Ja, das Prunkschiff setzt seine Fahrt unbeirrt fort.
Der Pflüger den Stolpertanz. Doch so, wie die Hintern der
Schafe einander mustern, kehrt sich, was sich abkehrt, zu.
In einem weiten Rund eisstarrendes Felsgezack.
Der Sonne Abschiedsblick über die Städte, das Meer.
Selbst im Gebüsch der Tote, unter vielen ein
Auge. Das hundertfach aufgestickte Laub
sieht, was du siehst, da du dich nach vorn beugst: Aha,
der Sturz des Ikarus. Und, Standbein, Spielbein, da stehst:
In selbstverständlichen Hosen, die Uhr am Handgelenk.
Ja, noch die winzignackt ins Leere schlagenden
Beine sehn sich im Verschwinden ausdrücklich nach dir um,
da du deine Fahrt unbeirrt fortsetzt von Bild zu Bild.
Alles auf der Welt betrachtet einander.
Nur der Kopf unter Wasser ist völlig allein.

Volkszählung zu Bethlehem

Heute in Brüssel. Nun, da ich das Licht ausschalte,
momentlang emporgehoben ins Dunkel,
gehn in den Sälen drüben die Bilder auch schlafen
und leuchten fort unterm Firnis im Notlampenlicht;
deutlicher vielleicht noch auf Breughels Winterbild
die verschneiten Dächer als heute nachmittag.
Doch das Kindergewimmel, die aufrechten Wagenräder,
die winzig in Kiepen die Ferne aus dem Dorf hinaus
über das Eis tragenden Gehgestalten –
nur noch ein Flirren, ein Hagel von Kommata,
und Farbfinsternis die Menge vorm Haus mit dem Tisch,
an dem gezählt und gezahlt wird, da draußen
vorm Fenster wie riesige glitzernde Schiffe
die Zählmaschinen der Bürokraten vorrücken.
Maria sah ich erst ganz zuletzt,
vorn auf dem Bild, das Gesicht von Frost gebissen,
auf ihrem Eselchen einreiten
und Joseph vor ihr am Strick einherstolpern,
als wäre der Weg noch sehr weit.
Obwohl, wo das Schwein hervorgezerrt wird
und Gestalten am Feuer sich wärmen,
das Kind schon geboren ist,
das mit den anderen auf dem Eis kreiselt,
wie auch die Kirche am Dorfrand schon steht
und ein dornenkronenhaft starres Geäst
vor tiefroter Wintersonne. Vielleicht
weiß selbst Maria nicht, wer sie ist,
wenn sie ihren Namen ins Buch schreiben läßt.
Denn unerkannt muß das Heilige bleiben. –
Das Auge des Eselchens war haarverhangen.
Der Ochse, die Hörner aufwärtsgedreht,

sah aus dem Bild, so daß ich im Bild war,
solang ich davorstand, ins Dunkel nun fallend,
indem sich die Nächte einander berühren,
bis jede Nacht eine einzige ist.

Sturmzimmer

Ich hatte noch einmal das Fenster geöffnet
und dachte, es brenne, so brüllte das Gras.
Und drüben knickte der Mühle
der Flügel wie eine Büroklammer ab.

Doch noch sprach das Radio von Schiffsuntergängen.
Der Stuhl war ein Muster an Gradlehnigkeit.
Der Tisch, als Humorkreatur
bereit, jederzeit fortzuspringen,

blieb stockbeinig stehn. Nur ich war nervös.
Und es galt, besonders behutsam zu sein,
nicht etwa beim Tragen der Lampe durchs Zimmer
das kostbare Licht zu verschütten.

Und leis anzuatmen gegen den Sturm.
Ich las von der Sintflut. Mein Haar
war regungslos in der Kopfhaut verankert.
Die Bibel sprach ernstlich von Gott.

Der Fisch im Aquarium schaute mich an
als einen möblierten Bewohner des Meeres.
Die grünen Augen der Technik
waren ein Leuchtturm im Weltuntergang.

Unsagbar

Glücklich unter Rosen hocken –
Wer das noch sagen könnte.

Aber die Rosen stehn doch vorm Haus
und unsere Namen klein an der Tür.

Schon läuten die Blüten, schon hämmern die Zweige.

Glücklich unter Rosen hocken
hält selbst das Weltende auf.

Trauerfall

»Hier«, sagtest du, »unser Grab.«
»Gute Idee«, sagte ich.
Als ob unsre Knochen uns legitimierten,
wenn einst die Seele zum Schlüsselbein sprach:
»Von wannen bist du? Ich kenne dich nicht.« –
Genausogut lagen wir jetzt schon da unten.
Und stahlen, einander mit Nachsicht gedenkend,
vom Nachbargrab Levkoje für dich
und Löwenmaul für mich.
Und schritten durch das Friedhofstor,
verfolgt von Auferstehungshüpfern.

Schluchten der Erde

Da wir nachts vom Meer herauf
vorbei an den Zelten kamen,
bewegte sich ein Wohnwagen leise.
Und hörbar war das Rufen
eines Mannes als Tier
über den Schluchten der Erde.
Komm, sagtest du, und im Zelt,
im Licht einer kleinen elektrischen Lampe,
erschien an der Wand ein Finger,
der staunend nach oben zeigte.
Komm, sagtest du, und ich kam.
Drei Schritte weiter das Murmeln
unseres Bruders im Schlaf.

Ewig leben Ehepaare

Hintern Becken aneinander,
legten wir uns zueinander.

Denn die Nacht schlug die Kastanie,
die Kastanie schlug die Nacht.

Und im einsamen Abrasseln
einer Schindel übers Dach

näherte sich lautlos ein
tremolierender Gesang.

Höchstens drei Sekunden noch.

Doch nach jeder Nacht noch waren
wir am Morgen aufgestanden,

und wer täglich auferstand,
starb schon aus Gewohnheit nicht.

Höchstens zwei Sekunden noch.

Und der lautlose Gesang
vieler Wesen Angstgeschrei.

Und die Blätter der Kastanie
lauter kleine Totenhemdchen.

Höchstens noch eine Sekunde.

»Schlaf«, sprach ich, schon halb im Schlaf,
»ist ein kleines Sterben üben.

Und Erwachen lebenslang
die Verheißung andren Lichts.«

Tot selbst unsre Nachttischlampe.

Das Geschlecht, ein Murmeltier,
in des Ehewesens Höhlung

in sich selber eingeschlafen,
glaubte auch an Auferstehung.

Tief im Hof das Schindelsplittern.

Aus den Mündern sickerte
uns der Speichel und gefror.

Das war die Sekunde Null.

Durch ein Loch in der Kastanie
leuchtete die Ewigkeit –

Stundenlang, ein feierlich
verwüstetes Riesendotter –

»Sind wir schon im Himmel?« riefst du,
»Wer kann das je wissen«, sprach ich –

Hand in Hand zum Mond gestiegen.

Der Quellstrahl

Unter dem Berg mit der Nase des Unheils,
in einem Kessel aus Kieferngeröll,
war eine Fläche reglos
zitternden Wassers gelagert.
Zur Linken ragte der Schnee
bis in den Sommer. Kein Mensch,
es sei denn ich, Alpenrosenterrassen.
Da hatte ich es weit gebracht.
Weiter als ich je dachte und dachte:
Einmal muß einer auch glücklich sein können.
Und sah mich schon übers Geröllfeld fortwieseln
und winkte mir nocheinmal zu,
bis mir da oben hier unten der See
nur noch als bläuliches Schielen erschien
und ich für immer auf allen vieren
hinter der nasigen Gottheit verschwand
und hier endlich keiner mehr störte,
nicht einmal ich. Der Quellstrahl
stürzte, in hohem Bogen,
auf das eisige Wasser herab.

Das Klackern

Schneeschuhfahren in der Wälder Schatten.
In den Stämmen knistert der Tod.
Und über dunklen Fichtenzacken
knopfgroß ein Sternlein flüstert.

Vorgestern ging Alexander ins Nichts.
Gestern Rom. Eben der
gewisse Wissarionowitsch.
Nur ich lauf noch immer umher.

Das Sternlein sucht das Dürrholz ab,
ob ich im Gehn vergeh.
Im Augenblick wird die Ewigkeit knapp.
Leis klackern die Schneeschuh im Schnee.

Der letzte Grund

Weiß auch nicht, was der Bach mich traurig macht.
Ein jedes Rauschen längst schon hingerauscht,
längst überglitzert jedes Glitzerns Glanz,
und doch das Gulgern, horch, zum erstenmal,
sei es dank einer Wurzel Regsamkeit,
hervorgegulgert unterm Untergulgern,
so daß am Grund im Moosegewaber die
kleinen Steine wie neugeboren wankten
und noch der Klarheit feste Oberfläche
gefältelt war von feinster Gegenwart.
Wogegen mich schon unten in der Biegung
der nächste beste Querast schräg durchstrich,
und selbst die vielfach ausgebreitete,
von weißem Feuer bis herab zum Grund
brennende, ab und an von Finkenlauten
durchrüttelte, Reglosigkeit der Zweige
nur lehrte, daß ich hier bloß hindurchging.
»Wo ist die Mühle?« fragte mich der Bach.
»Zerfallen«, sprach ich. »Und der Rest zerbaut.«
Und meine Füße staken in den Schuhn
der Größe 42 wie in Särgen.
Jedoch vorm Sturz in den Vernichtungskasten
schwolls Bächlein an: »Was wird aus mir?«
»Was schon«, sprach ich. »Ein Rohr wird dich verschlucken.
Und du und ich, wir haben unsre Ruh.«

VI. Flaschenpost

Die Flaschenpost

Die Onkels stiegen Pfingsten aus den Opels.
Erinnerungsmächtiges Birkenwehn.
Zackige Vogellaute troffen aus
den Linden, die hinab zur Elbe führten.
»Die Elbe? Junge, komm zu uns nach Hamburg,
da fließt die Elbe.« – »Hamburg? Wo ist das?« –
»In Deutschland, Kleiner.« – Eine Flaschenpost
des Inhalts: »Liebe Onkels, ich komm bald,
seid bereit! Thomas, Junger Pionier« –
trudelte um ein Drehloch und blieb stehn.
Und erst als ich sie ausdrücklich mit Steinen
bewarf, ging sie, zwar widerwillig, doch
aufrechten Halses, einer buntbewimpelt
vorbeitreibenden Zille Brunftschrei nach,
gen Westen. – Tiefer Winter wars.
Die Onkels tot. Die Opels überlebten
auf Hamburgs Straßen massiger denn je.
Und unter meiner Russenmütze ging ich
im hohen Schnee, vorbei an Glasterrassen,
dahinter flüsternd Anemonen glühten,
treppab; und eine hochbeinige Frau
sah mich aus großen, langgewimperten
Augen, in denen Flocken schmolzen, an.
Doch unten war das andre Ufer nur
ein finster Ragendes im trüben Weiß.
Und überdeckt mit lautlos in der Drehung
raschelnd sich aneinander reibenden
Eisschollen ging die Elbe Richtung Meer,
das Potential an Kälte aufzufüllen –
Ganz draußen aber, regungslos im Frost,
eine Zille, die Wimpel eisbehangen.

Und unter mir im Schlick auf nieder wankend
ein vorwurfsvoller Flaschenhals: Da hatte
ich wohl recht lange bis hierher gebraucht,
die Hand nun rasch zur Russenmütze hebend:
»Immer bereit!« Hamburg gehörte mir.

Inhalt

I. Neonikone

Die Neonikone 7

II. Paradies der Betrachtung

Der stille Grund 11
Der Birnbaum droht mir über die Mauer 12
Erdsirenen 13
Der Rucksack 14
Die Dresdner Kunstausübung 15
Das Freischützfinale 17
Die Blütenfestung 19
Der Wäscheplatz 20
Das Paradies der Betrachtung 21
Die Giftfabrik 22
Hirngefunkel 24
Die Hacke 25
Robinie 26
Schneegesicht 27
Das Elbtal 28

III. Benedikt verbrennt die Engel

Das Echo (1988) 33
Der Eismann (1989) 34
Die Dienstmütze (1989) 35
Das Alphabet des Wünschenswerten (1989) 36
Benedikt verbrennt die Engel (1988/96) 38

IV. Du aber sollst Plinius heißen

Die Kirschbaumepistel 45
Minus 47
Glühwürmchenwetter 48
Die Wegwankmaschine 49
Die Abendmaschine 50
Auf eine Umfrage von Radio Veronika 51
Die deutsche Seele 51
Abschaffung des Autoverkehrs 51
Sauerland 51
In Bayern 51
Heidelberg 52
Der Aufschwung 52
Die Frankreichfahrt 53
Das Immobilistenballett 54
Feierabend 55
Das Buchlabyrinth 56
Stoßstangentiere 57
Das Sauerlandexil 58
Der Bote 60
Zeichen der Zeit 61
Irrfahrer 62
Abschied vom Prinzipiellen 63
Engelsbalance 65
Auf einen Lastkraftwagen 67
Abstellgleis 68
Ostbarbar 69

V. Der letzte Grund

Mensch ärger dich nicht 73
Mozart 74
Brockes 75
Breughels Ikarus* 76
Volkszählung zu Bethlehem 77
Sturmzimmer 79
Unsagbar 80
Trauerfall 81
Schluchten der Erde 82
Ewig leben Ehepaare 83
Der Quellstrahl 85
Das Klackern 86
Der letzte Grund 87

VI. Flaschenpost

Die Flaschenpost 91

* Das Gedicht knüpft an W. H. Audens Gedicht »Museé des Beaux Arts« an.

Der Autor dankt dem Deutschen Literaturfonds e. V. für die Förderung